望月かすみ
Mochizuki
Kasumi

魂は白龍の背に乗って

東日本大震災から十年

ちょっと
不思議な
スピリチュアル
体験

風詠社

まえがき

この本を手に取ってくださって、本当にありがとうございます。

早いもので、あの、東日本大震災からもう、十年になります。

その節は、本当にたくさんの方々のご協力、ご支援をいただき、本当に本当にありがとうございました。

私達は皆さんの温かい気持ちに支えられ、どんなに助けられたことでしょうか。

どんなに救われたことでしょうか。

本当に、大変感謝しております。

被災地では、復興が順調に進んだところもあれば、なかなか思うように進まないところ、様々だと思います。

それは、住んでいる方々ご自身にしてもそうだと思います。

あの震災で、失くしたものも多かったでしょうに、ひたすら前向きに頑張って、見事、復興・再建をされた方々。

立派です！　素晴らしいです！

涙を浮かべながら、拍手をしています。

また、大切な人を亡くしたショックで、未だに気持ちが前に進めないでいる方。

ゆっくりでいいです。

ゆっくり自分のペースで進んで下さい。

私自身、中途半端でした。

前向きではなかったと思います。

怖くて怖くて、この十年、海には一切近づきませんでした。

県内の被災地にも。母に連れられて、南三陸町や気仙沼に一度行ったきりです。

テレビでは何度か見ることがあっても、実際、自分の目で被災地を確かめてみようという気にはなれませんでした。

津波で亡くなった妹一家の写真も、仏壇に飾ってある写真以外は、未だに見ることができません。

やはり、まだ、気持ちが前に進んでいないのでしょう。

そんなことから、自分の気持ちの整理もつけたくて、この本を書く決心をしました。

この本を書き終えて、少しでも成長した自分に会えますように……。

震災を経験してからというもの、熊本や各地で災害が起きた時は、必ず募金に協力するようになりました。

恩返しという気持ちもありますが、これからは、こういう協力も必要なのだと実感したからです。

そして、十年も経ってしまいましたが、私も被災地めぐりをしたいと思います。

少しでも、復興に協力したいと思います。

そして、その被災地から学ばなければならないと思うのです。

新しい時代を生きるために……。

目次

装画・挿画　望月かすみ
装幀　２ＤＡＹ

魂は白龍の背に乗って　東日本大震災から十年

ちょっと不思議なスピリチュアル体験

長くて不気味な巨大地震

三月十一日

私は仕事をしていた。この日はちょうど六時間勤務。残業は付かないが、長居をすればやはり怒られるので、とっとと切り上げなくてはならない。

時計はもう少しで二時四十分を指すところ。私はあわてて帰り支度をして会社を出た。

車を走らせ、家に帰る途中だった。

突然、車が異様に揺れ出した。

はっ！　地震!!

それも大きい！

二日前のものよりはるかに大きい！

ものすごい揺れで運転できない。

少し左側に寄って止まろう……。

サイドもかけたはずなのに、全然意味ない。

まるで道路が波打っているようだ。

その揺れはおさまるどころか、ますます大きく揺れ続けた。

それこそ、暴れ馬に乗っているかのようで、車は激しく揺さぶられた。

ピキピキピキピキ……

目で音が聞こえるような感覚だった。

道路の端際、縁石の切れ目に、無数の細かいヒビ割れが刻み込まれていくのが見える。

もし、この揺れがもっと凄まじいものになったら、自分は地面の裂け目に落ちてしまうのではないか。

ふと、そんな最悪の状況まで思い浮かべてしまったほどだ。

それにしても、長い！　長い‼

長い地震だ‼

いったい、いつおさまるのか……。

本当に、今まで経験した事がない、長い、そして凄まじい地震であった。

どれぐらい、時間が経ったろうか。

ようやく、この長い、不気味な地震がおさまった。

おさまったのか？

一度、辺りを見回して見た。１００メートル近く後ろの車が動き出し、私の車の側を通過した。

ふむ、大丈夫のようだ。

自分も帰路を急ぐべく、車を走らせる。

途中、道端で女の子が自転車ごとひっくり返っていた。腰でも抜かしたのか。揺れがおさまったのに、まだ、そのまま動かない。放心状態のようだ。大丈夫かなと思って少し見ていると、やっと動き出したようだ。それを横目で確認してから通り過ぎた。

家に帰り着くと、ダンナと子供達、しおり（高一）、圭輔《けいすけ》（中三）が家の外に出ていた。子供達は二人共しゃがんでいる。

ダンナが家での状況を説明してくれた。

地震の揺れが凄すぎて、メキメキと家中が恐ろしい悲鳴をあげたものだから、家も安全ではないと思って外に避難したというのだ。揺れも強いので立っていられず、しゃがんでいたのだという。

家の中はタンスや戸棚が倒れてガラスが飛び散っていた。後片付けが大変そうだ……。

そこへ、母が帰って来た。

どうやら、病院に行って来たらしい。

母は車から降りるとすぐに、家族全員の顔を見て安否を確認し、ホッとしていた。

母は、病院からの帰宅途中で地震に遭ったと言っていた。

農免道路（農業用道路）で立ち往生して、妹の冴子に携帯電話をかけたがつながらなかったそうだ。

母は、このままここに居たら、津波が来るかもしれないと思って、急いで家に帰って来たと言っていた。

実際、あと十五分もそこに留まっていたら、母は本当に津波に巻き込まれていたであろう。

母は、帰宅してから再度、妹に電話をかけたがつながらなかった。

電話自体がつながらないようだ。

ドドドンッ‼　ドン！　ドドンッ！　ドドーン‼

先程の大きな長い地震ほどではないが、ものすごい地響きを立てる大きな余震はその後も度々やってきた。

子供達は、もう、怖くて怖くて家の中には入ろうとしない。外の方がいいようだ。

断水になる前に、汲めるだけ汲んでおこうと母が、ペットボトルに水を汲み始めた。母から声をかけられ、私も手伝った。

そう、水が出なくなるまで……。

電気は即、停電。水道もたちまち断水。

では、ガスは？

幸い、ガスはプロパンガスなので、残量分だけは使えるようだ。

さて、家の中はめちゃくちゃ。先程の大地震で家は相当傷んでしまったようで、その後何回も来る余震の揺れもすごくて、子供達じゃなくても、怖くて家の中にはいられなかった（実は家の基礎までやられていたのだ）。

そこへ、三女の妹、萌達が避難して来た。萌の子供二人、知佳《ちか》（中二）、進《すすむ》（小三）も一緒だった。

外の物置部屋と子供部屋を開けて、今夜はそこで休もうという事になった。暗くならないうちに布団を運び出し、準備にかかった。

母はガスでご飯を炊き、私達におにぎりを作るように言うと、また、ご飯を炊いていた。

炊き上げた二回分のご飯を全ておにぎりにし、タッパーに詰めた。

その後、萌は高二の息子、充《みつる》を迎えに石巻工業高校まで行こうとしたが、水が道路まで来ていて断念。ずぶ濡れになって戻って来た。

我が家は農業もやっていたため、広い作業場があった。その軒下で、テーブルとイスを用意して、みんなで晩ご飯のおにぎりをほおばった。屋外でろうそくの火を灯し、普段であれば、ちょっとしたキャンプ気分になれるところだ。

しかし、震災という状況の中、笑う者は誰一人としていなかった。

母は、おにぎりを持って近所を回った。困っていた人達に配って来たようだ。

我が家は高台にあるため、そこに避難して来た人達もいた。その人達にも、母はおにぎりをあげた。赤ちゃんに飲ませるミルクをつくるためのお湯も、ポットからあげたそうだ。

母とダンナは、近所の人達とも情報交換をして、今後の事を相談していた。

ダンナがラジオをつけた。

そこから流れる情報は、信じられない事ばかりであった。
三月十一日。金曜日。午後二時四十分過ぎ。
三陸沖に巨大地震が発生!!
推定マグニチュード9
震度7
(まだ初期段階の情報である)
岩手、宮城、福島の東北での大地震・津波。
福島で原子力発電所が爆発!!
放射線物質が漏れる!!
女川町は壊滅状態……。
荒浜に二百体の遺体が打ち上げられていた……。
石巻市の新北上大橋が崩落……。
悲報ばかりであった。恐ろしくて恐ろしくて、私は自分の耳を疑った。
しかし、これは現実のことで、実際、自分も巨大地震に遭っているのだ。
今、尚、その巨大地震のための強い揺れの余震で怖い目に遭っているのだった。
いつもなら、家の前の道路は何台も車が通るはずなのに、とても静かだ。
いったい、世の中どうなってしまったのか。

ライフラインも使えず、橋は壊され、津波で道路は冠水。浜には何百体もの遺体が……。

壊滅って何?!　どういうこと?!

世の中から、自分達だけが分断されたような、そんな変な感覚を覚えた。

恐怖でとても休めたものじゃなかった。

もう一人の妹、二女の冴子の一家の安否が気がかりであった。

いつの間にか、雪が降っていた。

もっと早くから降っていたのだろうが、恐怖のためか、私が雪に気付いたのはもっとあとのことだった。

降り続く雪に、何という冷たさと無情を感じたことか。

子供部屋と物置だけでは全員は休めない。母と萌は萌の車で、ダンナは自分の車で一夜を過ごすことにした。

もちろん、眠れるわけではなかった。

それでも、私達はまだまだ良い方であろう。

巨大地震に遭い、津波に遭った人達は……。

命からがら逃げた人達もあれば、助からなかった人達もいたであろう。

津波で、海や川に放り出されてしまった人達が、力尽きて死んでいく様を見た人達もいた。

助けたくても、どうしようもなかった。

そんな話を聞かされた。ショックだった。

妹、冴子の住む場所は、間違いなく津波の来る所である。ちゃんと逃げていればいいのだが……。

不安はどんどん大きくなる一方であった。

ただただ冴子の一家四人の無事を祈るばかりだった。

寝不足のまま、長い長い一夜が明けた。

三月十二日

震災二日目。

やけに静かな朝だった。

鳥のさえずりも、車の行き交う音もしない。

そう、無音であった。

ときどきやって来る余震の地響きを除いては……。

前日、幸いなことに、隣でモーターを動かして米を搗《つ》く話が出た。そこで何軒か一緒に搗いてもらうことになり、我が家の分も頼んで搗いてもらっていた。ありがとうございました。

次は水の確保。

前日、汲んでおいた水はもう、残り少ない。

水があるという情報が入り、すぐにダンナと子供達が自転車で汲みに行った。

ガソリンの入手も困難のため、極力、車は使わないようにしていた。

さて、学校等は当然休みであろうが、仕事はどうであろう……。

妹の萌は、すぐに自分の職場へ行き、安否確認や今後の仕事について話をして来たようだ。

職場も当分は休むほかないらしい。

萌が自宅から食材を持って来てくれた。

だが、冷蔵庫は使えない。我が家の食材もどう保管しようかと思っていたら、母と萌が雪を氷代わりにしようと言い出した。

早速、発泡スチロールに食材を入れ、そこに雪が投入された。まだ寒い時期だったのが幸いした。

萌は再度、自分の長男の充を迎えに石巻工業高校へ向かった。やはり、まだ水は引いていない。やむなく、車で水の中を突っ切った。充も無事だったようで、二人揃って帰って来た。みんな、ホッとしたようで、この日はぐっすり眠れたようだった。

ただし、冴子達一家の行方だけはわからないままだった。

三月十三日

震災になってからというもの、当たり前の事だが、子供達はずっと学校には行けていなかった。高校は既に卒業式を終え、ちょうど春休みだったが、小中学校はまだ春休みではないのだ。中学生は、特に三年生はつい先日、高校受験を行ったばかりであった。

それなのに、まだ、肝心の結果もわからずじまい。卒業式もいつ行われるのか。

この状況で果たしてやれるのだろうか。

学校の体育館や校舎も、津波の被害に遭った所はとてもそんな状況ではない。生活すらままならないのだから。

子供達は学校に行く代わりに、毎日水汲みに出かけた。その方が、気も紛れていたのかもしれない。

ダンナも度々、自分の兄弟を探しに行った。わりと近くの避難所にいたらしく、ダンナ達兄弟はすぐに再会することができた。

この日、私も自分の職場へ行ってみた。

スーパーなので、震災後は食材の需要が多いため、もう営業を再開していた。

と言っても、店の中は修理や片付けをしなければならないので、店は閉めたまま、店頭販売を行っていた。時間も短く、売り切れたらそこで終了だったらしい。

私が到着した時、ちょうど店長がお客さまに閉店の挨拶をしていた。

私は店長の案内で従業員出入り口にまわった。

ちょうど直属のマネージャーも居て、安否確認ができた。その後の出勤は各自、家が落ち着いてからでいいとの事だった。食材も分けていただき、本当にありがとうございました。

一方、妹、冴子の一家の安否が未だにわからないため、母と萌が冴子達を探しに石巻方面へ出かけた。

当然のことながら、道路には水が溜まったまま。車では到底無理だった。

そこで、二人は車を途中に置いて歩くことにした。水の中を歩く時は、棒切れで先を確かめてからゆっくり進んだ。

冴子は石巻市の三ツ股に住んでいた。

この周辺では、一番ひどく津波にやられた所だという。津波の第二波、第三波が次々とやって来て、根こそぎやられたらしい……。

そこで、二人が目にしたものは――。

無残にも変わり果ててしまった釜地区。

建物は破壊され、瓦礫だらけであった。

海に近い方角を見ると、今まであった街並みは一変、ほとんど建物が立っていなかった。

これは……津波に流されたんだ……。

信じられない光景であった。

体が震えて来た。

心臓が高鳴り始める。

じんわり、目頭が熱くなった。

これではもしかしたら……。

一瞬、〝死〟という文字が頭をかすめた。

─怖かった─

それでも、気丈な二人は……。

こうしては居られない。

とにかく、四人を見つけなくては……。

冴子達の安否を確認するまではと、四人の無事を祈った。祈るしかなかった。

そこで、二人は冴子の旦那の忠彦君の実家、吉岡家へ行ってみることにした。

実家の方は、周辺までは水が来ていたが、どうやら無事のようだった。

残念なことに、留守で張り紙がしてあった。お義母さんが石巻青葉中学校にいるらしい。

後日また来ることにして、二人は帰った。

誤報

三月十四日

萌が友達と自転車で石巻方面へ行って来ると言って出かけた。
もちろん、それは自分達の知り合いを探すためであった。
震災の時は車より自転車の方が交通の便がいいようである。
お昼頃であった。
突然!!　警報が鳴った！
緊張が走った！
誰もが身を固くした。
当然ながら、逃げる人達もいた。
車中の人達もパニクっていた。
警報を聞き、萌達も石巻から戻って来た。
――――誤報であった――――

かまど作り

三月十五日

萌は焦っていた。ガソリンが残り少ない。

スタンドまで行ってみたが、やっていない。

いつになったら給油ができるのか……。


母が庭先でかまど作りを始めた。

子供達がものめずらしそうに母をとり囲む。

プロパンガスも残りわずからしい。

かまどで母がご飯を炊き、萌がホットケーキを焼いた。火のあるうちにと、ご近所からいただいた野菜も次々ゆでていった。

かまどで炊いたご飯は格別においしかった。

ラジオのニュースに耳を傾けると、福島第一原発ではまた、水素爆発が起きたようだ。

放射線物質が風に乗って宮城にも……。

そんな事も懸念された。

それが怖くて、県外へ行った人達も少なからずいたかもしれない。

石巻では、日和山に避難している人達もいるとの情報が流れた。

自衛隊のヘリコプターが避難民を、日和山から石巻専修大学へ運んでいるとのことだった。

もしかしたら、冴子達は日和山に……。

私達はそう期待した。

冴子達の死

三月十六日
夕べから、ちらほら降っていた雪が少し積もっていた。
洗い水として利用しようと、母が用意した樽に、皆で雪をいっぱいになるまで入れた。

地域の集会所にようやく、自衛隊の給水車が来てくれた。みんな大喜びだ。

役をやっているダンナは、すぐに、集落の人達に知らせに歩いた。

私一人を留守番に置き、皆、ペットボトルを手に取り、喜び勇んで水をもらいに行った。


どこから出して来たのか、母が炭をおこし、炭こたつを用意した。寒かったので、みんなすぐにこたつに入った。すごく小さいこたつで、みんなで肩寄せ合って暖を取った。

ダンナは戻ると、冴子の旦那の忠彦君の実家まで行って来ると言ってまた、自転車に乗った。

そのうしろ姿を見ながら、みんな、祈るような気持ちで見送った。

午後になってやっと、ダンナは帰って来た。

なんだか沈んで見える。

これは――。

ダンナが子供達を全員呼び集めた。

私は母を呼んで来た。

ダンナが皆の顔を見て話し始めた。

「冴子ちゃん達ね、四人共、……死んだかもしれないって……。うっ」

話すか話さないうちに、もう泣きが入っている。

「まず、助からないだろうって」

すっかり、目を真っ赤にしたダンナの話を聞いて、みんなも泣き出した。

あとから帰って来た萌にも、それを伝えた。

冴子達の訃報を聞いて、萌も泣き崩れてしまった。

生きていると信じたかった――

ここに居る誰もがそう思った。

後日、母と萌が冴子の勤務先の介護施設を訪ねた。

介護施設では、あの日、津波で川が氾濫。勤務していた者はすぐに避難して全員無事であった。

しかし、あの日、休みの二人だけが消息不明となってしまった。そのうちの一人が冴子だという。

しかも、冴子はその日、シフトの交換を頼まれての休みであった。

なんという不運!!

今となってはもう、何もいう事はなかった。

遺品となる冴子の私物だけを受け取ると、施設の方々に丁寧に挨拶をして、母と萌は帰って来たのだった。

冴子達四人の足跡

―あの日、冴子達に何があったのか！　どういう状況だったのか―

私達は、彼等の行方について知っている人達の情報を集めた。

冴子の旦那忠彦君の両親。介護施設。石巻釜小学校。石巻青葉中学校。友達のお母さん。目撃情報など。

あの日。三月十一日。

冴子は、いつもなら介護施設で看護師の仕事をしているのだが、シフト交換で休日となり、この日は自宅に居た。

長男真也《しんや》（中二）も、ちょうどこの日は卒業式。午前中で学校は終了。帰宅して、友達が遊びに来ていた。お昼に一旦帰った友達は、午後もまた遊びに来た。普段、スポーツ少年団の野球に明け暮れている真也にとって、久しぶりの楽しい休日であったに違いない。

そこへ、あの巨大地震、のちの東日本大震災が来たのだ。

直ぐさま、冴子は二男直也《なおや》（小一）を迎えに石巻釜小学校へと車を走らせた。

真也とその友達は、そのまま家で留守番であった。

すると、そこへ父方の祖母が自転車で大慌てで息を切らせてやって来た。

「津波が来るから逃げっぺし！」

おばあちゃんは助けに来たのだ。

真也は、冴子が弟の直也を迎えに小学校へ行った事を話した。

「ママを待ってる！」

早く逃げようというおばあちゃんの必死の呼びかけは、全く聞いてもらえなかった。

一方、小学校では。巨大地震があったため、取りあえず、生徒達を体育館に集めていた。

そこを振り切って、家に帰るとランドセルを背負って帰った生徒が一人。

それが二男直也であった。

それでもちょうど、母子は出会うことができた。

冴子はすぐに直也を車に乗せてUターン。

急いで自宅に引き返した。

警報が鳴っている。

津波警報だ。

自宅に着くなり、冴子は大事なものを手あたり次第車に積み込んだ。

真也の友達を送ると、その母親にメールし、津波から逃げようと子供達三人を乗せ、急いで車を発進させた。

しかし、既に時遅く、道路は渋滞であった。

一方、母を待つと言って、断固として逃げようとはしない孫息子。

仕方なく、おばあちゃんは会社へと戻った。

冴子の旦那の忠彦君は、両親と一緒にサッシ店を営んでいる。

巨大地震のあと、津波に備え、会社の機械等を社長である父と、忙しく片付けをしていたのであった。

そこに、先程、自転車で津波のことを知らせに行った母が戻って来た。

おばあちゃんは、慌てて孫達のことを息子に知らせた。

それを聞き、忠彦君は血相を変えて、自転車で飛び出して行ったのだった。

それから間もなくのことであった。

大津波の第一波が到達したのは――。

それは紛れもなく、彼の死を意味した。

おばあちゃんは、津波が来る前に車で自宅に避難した。

おじいちゃんは、息子や孫のことも気がかりではあったが、自分自身もそれどころではなかった。

津波が店をも飲み込む勢いで襲って来たのだ。見る見るうちに水かさは増し、命からがら店の二階へと逃げのびた。

そのお陰で、何とか命拾いしたそうだ。

偶然か?!　はたまた、

神様からのお知らせなのか?!
巨大地震が起きて、大津波が来て……。
冴子達四人が……、
津波によって死んでしまった……。
こんな大惨事と不幸があってから……、
思い出したことがあった。
そう、今さらながら……。

二〇一一年、二月三日。節分。

昨年の八月に、親戚で亡くなった人がいた。

父方の叔母である。

そのため、今年はまだ、神棚の神様に御札を飾っていなかった。

ようやく節分になり、神様が飾れると言って、母はせわしく神棚に御札を飾りつけた。

神棚専用の小さいろうそくに火を灯すと、母はさっさと踏み台にしたイスを持って台所に行ってしまった。

小さくて短いろうそくなので、そのまま、自然に消えると思っていたのだろう。

母は戻って来ることなく、台所仕事を始めていた。

神棚のある茶の間には、私が一人こたつにあたっていた。

〝ヒラッ〟

そんな音がしたように感じた。

その方角を見ると、

（えっ⁈）

先程、母が張りつけたばかりの神様の御札が一枚、剝がれてしまっている。

しかも、ろうそくの火がついて……、
燃えてる！！！

私は咄嗟に叫んだ！

「燃えてる！　燃えてる！」

母が私の声を聞きつけ、偉い勢いですっ飛んで来た。

（早く消さないと火事になるっっ‼）

そう思った母は急いで台所に舞い戻り、直ぐさま、先程踏み台にしたイスを持って戻って来た。

母はイスに上がるや否や、燃えている御札を無我夢中で捕まえ、素手で消しにかかった。

火を手で挟み、たたきながら消したのだ。

（おおっ‼）

母の見事な活躍ぶりに、ギャラリーと化した私は心の中で拍手喝采を送っていた。

「何だっけっ！　何もしねェで。ただ、見でだのがっっ……!!」

（ハッ！　しまった！　怒られてしまった……）

火は確かに消えたが、違う火の粉が私に飛び火してきたようだ。

「ごめんなさい……」

すぐに謝った私に、尚も母は叱り続けた。


しかし、当の私はそんなことはよそに、一人考え事をしていた。

ボヤだから大したことはなかったけど……。

神様の御札が燃えるなんて……。

私はそれが気になってしまうがなかった。

そしてついには、口に出して言っていた。

「不吉だ、不吉だ！」

「何か良くない事が起きる」

「怖い、怖い……おっかない……」

「あ〜っ、何かとんでもない事が起きる。不吉だ……。不吉だ！　不吉だ!!」

狂ったように大声で言い出したのだ。

私があまりにも、何回も何回も何回も何回もくり返し「不吉だ！」と言うものだから、母も心配になって来たのだろう……。

母も不安気に神棚を見上げた。

「火ってことは水?!……水難?!　津波?!」

母のつぶやきは、半分、気が狂ったような状態になってしまっていた私の耳までは届かなかった。


この事を思い出し、私は母と萌に話した。

すると、母が、

「そうだ。それで津波って思ったんだ」

「偶然なのかなぁ。それとも、知らせてくれたのかなぁ……」

三人で神棚を見上げた。

不思議な気持ちだった。

「もう、怖くて怖くて。すぐ神社に行ってお祓いして来たんだよ。いつもなら五千円のところ、一万円出して。家内安全やってもらって来たんだ」

その時に神社からいただいたのが、あの大っきな鈴だと私は説明した。

そして、この話を冴子にも話したのだった。

「アンタこそ危ない所に居るんだから、気をつけなさいよっ」

そう、冴子に言ったばかりであった。

それが、私が冴子と会った最後の日だった。

三月五日だった。

〝三枚の御札〟

そう言えば、もう一つ気になる事があった。

三月六日。日曜日のことだった。

突然、夜分遅く、我が家の庭先に車が入って来た。

ガラス越しに訪ねてきた人を確認する母。

「ん⁈　萌だな」

「今日はまた、随分忙しく来たもんだ」

そう言って、もう既に戸締りしてあった玄関の鍵を開けて、母は妹を出迎えた。

萌は同じ東松島市に住んでいた。

普段、彼女は昼間は食堂で働き、夜はコンビニで働いていた。実に忙しい日々を送っている、がんばり屋のバツイチママだ。

萌はバタバタと忙しく、私達に挨拶を済ませた。
何でも、友達の誘いで、この土日の二日間、神戸に行って来たというのだ。
（旅行……?!）
いや、そんな雰囲気ではないようだ。
まして、旅行などに行くような余裕が萌にある訳がないことも私は十分に知っていた。
萌の様子から見て、忙しく用を足して来たという感じであった。
家に帰るより先に、こっち（実家）に寄ったと言っていた。
そして、神戸で買って来たという〝御札〟のことを矢継早に話した。
萌は偉く神妙で険しい表情をしていた。
あまりにも早口で、少し離れて座っている私の耳までは届かなかった。
すぐに萌は仏間に行き、母もついて行った。
仏壇に飾ったらしい。
母と何か話しているようだ。
そのまま、萌は忙しく帰って行った。
我が家の連中は何が何だかわからなかった。
（いったい、何をしに来たんだろう……）
誰もがそう思った。

翌日、三月七日。月曜日。

萌が昨夜神戸から買って来たという〝御札〟のことを、母はゆっくり私達に話してくれた。

その〝御札〟を置く際、何でも、作法があるらしい。

まず、〝御札〟は南を向けて置くこと。

次に、そこの家の者が、〝経〟を唱えなくてはならないというのだ。

母は萌に言われて、

〝南無妙法蓮華経〟と、
三回唱えたと言っていた。

それをしないと、効力が無いというのだ。

「なんか知らないけど、萌ちゃんは、どえらい御札を買って来てくれたんだね」

「それも、わざわざ神戸まで行って……」

なぁーんて、私達はそんな軽い気持ちでその〝御札〟をいただいたのだった。

萌がどういう心境でこの〝御札〟を買って来たかなど考えもしなかった。

震災後、萌が打ち明けてくれた話である。

萌の友達が予言をした。

それは近々、今、住んでいるここで、今までにない大きな地震・津波が起きるというものだった。

萌自身、多少なりとも霊感があったのだが、萌の友達の霊感の力はそれは、凄まじく強力であったようだ。

その彼女が神戸に行こうと言い出したのだ。

本当に急な話で、萌は慌てて職場に休みをもらい、行って来たと言っていた。

一九九五年、一月十七日に起きた大惨事。

〝阪神淡路大震災〟。

既にここでは大惨事に遭ったことで、そういう備えがあるというのだ。

だから、ここでそのためのお守りになる、〝御札〟を買おうと友達が言ったのだという。

取りあえず、自分の身の回りの人達分だけ買って帰って来たと言っていた。

萌は〝御札〟を三枚買って来た。

その一枚目が、三月六日に実家（我が家）に置いた分であった。

二枚目が自宅の分。

あの日（三月六日）、萌は家に帰ってすぐに〝御札〟を南向きに置き、〝経〟も三回唱えて休んだのだった。

そして、最後の一枚は、冴子の家の分として買って来たのだった。

萌の話では、〝御札〟が効力を発揮するのに、少なくても三日は置かなければならないというのだ。

いざ、渡そうにも、冴子と萌の時間がなかなか合わなかった。

最初、冴子は金曜日が休みだからその日にと頼んだらしい。

その日こそ、三月十一日だった。

萌の方は、日付は定かではないが、（友達の予言で）近々と聞いていたため、一日も早く届けたかった。

三月八日、火曜日の早朝、仕事前に届けることにした。

まだ冴子に届けていないせいか、萌は落ち着かない様子で冴子の自宅を目指した。

冴子の家に着くと――――。

そこは異様な光景であったというのだ。

青みがかって……黒ずんで見えた……。

家も……冴子達も……四人とも……。

全体が青っぽく……黒ずんで……。

そう、まるで、海の底にいるみたいに……。

自分だけが異質のような気がした……。

―怖かった―

御札のことを説明することも……。

南向きに置くことも……。

南無妙法蓮華経と三回唱えることも……。

怖くて怖くて何も言えなかった。

「じゃあね」と。

渡すだけ渡して帰って来てしまったというのだ。

この話を聞かされただけの私も怖かった。

萌はこの事を友達に話した。

友達は容赦なく萌を怒った。

「サヨナラ言って来たんだいっちゃっ！」


萌のショックは相当なものだったのではないだろうか……。

友達の予言を聞いても、半信半疑だったために覚悟が足りなかった。

その結果が――

冴子達の〝死〟だった……。

萌は後悔した。後悔し続けた。

自分がちゃんと御札の説明をしておけば、こんな事にはならなかったかもしれない……。

冴子ちゃん達は死なずに済んだかもしれないのに……。

今ならわかる……。

あれは死相だったのだと……。

それでも、あの時、御札をちゃんと置いていれば……冴子ちゃん達を助けられたかもしれないのに……。

萌は自分を責めた……。

この壮絶な話に、私は震えが来てしまった。

堪えきれず、とうとう萌は泣き出してしまった……。

私はそんな萌を慰めた。

「誰だってそんなのに遭遇したら逃げるよ。怖くて怖くて逃げるって」

私は萌の背中をさすりながら言葉を続けた。

「アンタ達、危ない所に住んでるんだから気をつけなよって、私も言ったし。お母さんも二日前の地震の時、逃げるように言ったんだしさ。みんな逃げろって言ったじゃん」

私も涙が溢れて来た。

「それなのに、あの人達……すぐに逃げなかったからぁ……しょうがないよぉ……」

萌はずっと泣きっぱなしだ。

「それがあの人達の運命だったんだよ」

私はそう言うしかなかった。

あまりにも、冴子達の運は悪い方へ悪い方へと流れていったように思えた。

もう少しで引っ越そうとしていた冴子達を、まるで、逃がしはしないと……。

冴子達の遺体探し始まる

母と萌、本家の大伯父が冴子達の遺体探しに出かけた。

当時は東松島高校、石巻西高校にも遺体が運び込まれていた。すごい数の遺体を、一体一体確認して歩いたが見つからなかった。

元石巻青果市場にも行ってみた。そこにも遺体が運ばれていたのだ。

一体一体特徴をメモして、遺体の調書を作成していたらしく、見せてはもらえなかった。

吉岡家にも立ち寄ると、お義父さんが石巻総合体育館を見てきたが、そこにも四人の遺体はなかったそうだ。

午後、萌達の家族は自宅へと帰って行った。

夜。いつもと同じ、ろうそくを灯しての食事であったが、萌達がいなくなった分、余計に暗く淋しく感じた。

そこへ電気復旧の知らせが届いた。

久しぶりに、ようやく待望の電気がついた。

みんなの喜びようったらなかった。

（やっと普通の生活に戻れるかも……）

そう思ってか、皆の表情がパッと明るくなった。

今までの電気のない生活は、まるで、タイムスリップして昔に来たか、あるいは戦時中の気分であった。

それがたったの十日足らずであったとは、全く信じられないぐらい長く感じたものだ。

思ったよりずっと早く電気を復旧してもらい、本当にありがたいことであった。

みんなでそっちこっち電気をつけて確認してみた。

残念なことに、テレビだけは地震で壊れてしまってつかなかった……。

それにはみんな、がっかりしてしまった。

一人目発見!!

三月二十一日

ダンナは分館へ。子供達は水汲み。

私は午前中だけ仕事。徒歩で行って来た。

子供達と入れ違いに母は出かけるつもりだ。今日も冴子達の遺体探しに。

そこへ、萌の車が子供達も乗せて到着。

子供達四人を留守番に置き、母と萌は出かけた。

仕事から帰った私は、子供達と遅めの昼食を取った。

三時頃だっただろうか。

突然、娘のしおりの携帯が鳴った！

冴子の二男直也（小二）が見つかったのだ!!

みんなハッとして息を飲んだ。

すぐに、今ここにいない人達に連絡を取った。

急に慌ただしくなって来た。

母と萌が一旦戻って来た。

萌は母を降ろし、充を迎えに行った。

この頃は、日々、何百体もの遺体が次々と発見されるものの、その遺体を安置する場所も足りなくて、市内の空いていた体育館や学校等にも次々と運び込まれていた。

火葬や葬儀をあげようにも、いつも予約殺到で満杯。やむなく、県外で火葬をするところもあった。いつできるのか見通しのきかない状況であったため、あとで火葬をしようと、一時的に土に埋葬しておいたところもあった。後に暖かくなって、相当大変だったらしいが。

お棺も一時期、足りなくなってしまったこともあったほどである。

直也は運良くお棺には入れられたものの、次の遺体のためにブルーシートをはがされ、コロ

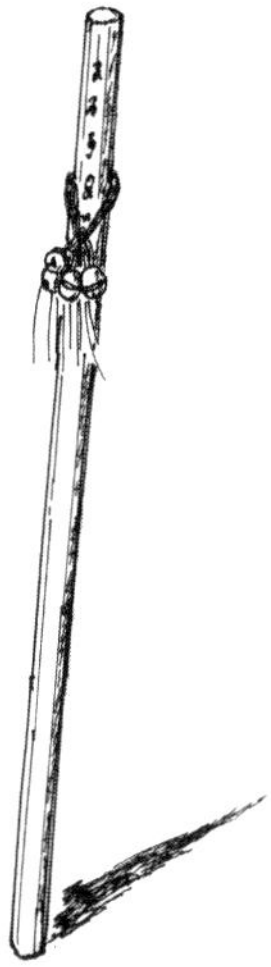

ンとお棺に入れられたところを母が見てきた。素っ裸だったという。

あとでわかった事だが、調書を取るために脱がされたのだった。

家から服を取ってこようにも、彼等の家は津波で家ごと流されたため、服も靴も、何もない。何一つ残っていないのだ。

通常であれば、店で何かを買っていろいろとお棺に入れてあげられるのに、店頭販売はやっていても、長蛇の列でなかなか思うように物資が手に入らなかった。

そこで、母は家にある物で間に合わせるしかなく、家中を探し回っていたのだった。

小さい甥っ子は石巻市の小さな葬儀社の会場に安置されていた。吉岡のお義父さんも来ていた。

母はうちの子供達の小さくなった服を甥っ子の直也に掛けてあげた。寒そうなので、子供用の毛布も掛けてあげていた。少しボロいけど、靴も入れてあげたようだ。

そのあと、私達も直也の遺体と対面した。

直也の顔は「えっ！」と驚くくらい、ものすごく赤く腫れ上がって大きくなっていた。頭には泥が付き、顔には所々傷が付いていて穴ボコだらけだった。脚は太ももに大きく深い傷があり、ぷらぷらとやっとくっついているようだった。

（よく、脚取れなかったなぁ……）

あまりにも痛々しくて、かわいそうでかわいそうで、涙が自然に溢れ出た。

誰も彼もが涙した。

娘のしおりが持って来た自作の木製パズルを入れてあげた。子供達はみんな、それぞれ自分のおもちゃを入れてあげたのだった。

最後に、母が金剛杖をお棺に入れてあげた。

「足ケガしてるから、この杖にすがっていげなぁ……」

みんなまた泣けてきた。

一人一人甥っ子に挨拶をしては、お線香をあげて手を合わせた。

今まではあまり実感がなかったが、今こうして遺体を目の前にすると、やはり現実のことだったのだと思い知らされた。

そして、残りの三人も早く探さなくては……そう思わずにはいられなかった。

何もない合格祝い

三月二十三日
中三の息子の圭輔が午前中だけ、中学校へ登校してきた。安否確認をして、卒業式の練習もしてきたようだった。
私の仕事は自宅待機となった。まだ当分は仕事もないようだ。
多賀城の叔母がたくさんの物資を届けに来てくれた。中でも、ガソリンまで届けてくれたのには本当に大助かりで、母がそれはそれは大変喜んで受け取った。

とにかく、ガソリンスタンドはずっと閉まったままだった。たまに開いても、これまた長蛇の列でなくなり次第終了。必ず入れられるわけではなかった。それくらいガソリンがなかったのである。

午後。圭輔が高校の合格発表を見るため、最寄りの高校へと出かけた。

震災で、各高校へと発表を見に行くのが困難であったため、各自、最寄りの高校へ行けば結果発表が見れるようにと、石巻管内全ての高校の合格発表が一堂に貼りだされたのであった。

受験当日は何回も何回も地震が来てて、受験どころじゃなかった子もいただろうに。

それこそ、東日本大震災の前ブレ地震中に彼等は受験したのだから……。

ケーキもごちそうもない、何とも味気のない合格祝いだった。

切ない、卒業式と捜索活動

三月二十四日

息子の圭輔と私は中学校へ行った。ささやかながら、卒業式をあげたのだった。

父兄の服装はスーツでも普段着でもよいとされていた。私は普段着で出席した。

震災の中、気持ちだけでも晴れやかにしたいと、敢えて、スーツを着てきた父兄もあったようだ。

中にはやはり、津波被害に遭い、親が亡くなった卒業生もいるという、気の毒な話も耳にした。

一方、母と萌、本家の大伯父は吉岡家の両親と合流し、遺体の捜索活動に出かけた。

探したくても、瓦礫の山が凄すぎてどうにもならなかった。

（もしかしたら、この瓦礫の中に遺体があるかもしれないのに……）

そう思っても、とても手作業では無理な仕事であった。

遺体の捜索活動は、毎日自衛隊の人達が行っていた。

業者さん達も、重機で瓦礫を動かしては遺体を探しながら片付けをしていた。

どうやら、これに頼るしかないようだった。

夕方、明日の甥っ子の火葬の準備をするため、母達は早目に切り上げて帰って来た。

いつもの花屋さんも津波被害に遭っていたため、お供え用の花を探すのも大変だった。

火葬は山形で

三月二十五日
冴子の二男の火葬は山形の米沢でやることになった。何分、震災という状況の中、自力で火葬場まで遺体を運ばなくてはならなかった。

お棺は軽トラックの荷台に乗せて運ぶことになり、お義父さんとダンナが交代で運転。それに、軽乗用車で実家の義弟さんとお義母さん、萌とが代表で行くことになった。母は会館まで行き、挨拶だけして来たのだった。

道中、我が家の前を通ってくれるというので、萌の子供達も、私達もみんなで道路際に立ち並んで待っていた。

やがて、甥っ子の直也を乗せた軽トラが見えてきた。軽トラはスピードを落とし、私達の前をゆっくりと走った。

その間、私達は直也に手を合わせたのだった。

夜になり、無事に火葬を終えて一行が戻って来た。皆さん、だいぶお疲れのようだった。

すぐに、塩と水、一杯のお茶を用意した。

みんなで直也の骨壺を見せていただいた。

すると萌の二男の進（小三）が妙なことを言い出した。

「さむいっ……」という男の人の低い声が聞こえたというのだ。

みんな驚いてはいたが、すぐにそれは忠彦君の声にちがいないと、誰もが思った。

そう、だから次に見つかるのは彼にちがいないと……。

二人目発見！

三月二十七日

私はパートの他にかけもちでバイトもしていたので、そのバイト先からも物資の支援をいただいたのだった。

昨日は母方の叔母や、そっちこっちからも小包が届いた。

本当にあたたかいご支援をいただいて、ありがとうございました。

母がお墓のことを言い出した。

どうやら、墓石が倒されてしまったらしく、母の案内で男衆が連れ出された。

ちょうど萌の長男の充とその友達も来ていたので、彼等にも手伝ってもらった。

墓石は傷だらけではあったが、元通り重ねてきたようだ。

彼等にはお礼に支援物資を分けてあげたのだった。とても喜んでいたようだ。

前日、冴子の旦那の忠彦君が発見されたという知らせが入っていた。

夕方近く、葬儀社に移されたと聞き、私達も会わせてもらえることになった。

彼の遺体はキレイだと聞いていたのだが、鼻血がひどく、顔中血だらけになっていた。鼻の穴にはぎっしりティッシュが詰め込まれていた。それでも足りないくらい滲んでいる。

すぐに車からティッシュを持って来ると、箱ごとそこに置いておいた。

お棺にみんなで持って来たものを入れた。

ダンナが野球のユニフォームを掛けてあげた。マンガ本、チョコパイ、白いあらいぐまのぬいぐるみなど、彼の好きな物や思い出の品に代わる物を入れてあげたのだった。

それと、ポケットティッシュも。

みんなで丁寧に拝んだ。

萌達とはそこで別れた。

あと二人……。

今日もまた、余震があった。

遺体安置所

三月二十九日
ダンナは分館。息子圭輔（中三）は離任式のため中学校へ。私は午前中だけ仕事であった。

娘のしおりが一人、自転車で給水に行って来た。

萌の車が子供達二人（知佳と進）を乗せて到着。

今日も母と萌は遺体探しである。

もうこの頃は、元石巻青果市場が遺体安置所としてすっかり定着していた。

そこに張り出された遺体の顔写真を確認し、受付に申し込む。遺体確認が出来るのは身内の人間だけ。そこでは一度に二人までしか会わせてもらえないのだった。

母と萌はここに通っていたのだった。

そして、時間があれば遺体はもちろんのこと、冴子の車や遺品となるものも探していたのだろう。

午後。やっと我が家にも水が来た。

やっとこの地区にも水が復旧したようだ。

冴子の家の跡地

三月三十一日

ダンナはいつも通り分館へ。

子供達は自転車で給水に出かけた。

水は復旧したが、飲み水はまだ給水車からの方が安全だという判断からだった。

母は三七日《みなのか》だからと白ぶかし（もち米に白ささげ豆を混ぜたものを蒸かして作ったおこわ）を蒸かした。

それを本家や吉岡家へと届けた。

そのまま、母は石巻赤十字病院を見て回り、安置所へ。

私は今まで留守番が多く、あまり石巻へは行ったことがなかった。

この日の午後、萌の車の後を追い、初めて被災地らしい被災地を見たのだった。

最初、東松島市大曲の方を回って行こうとしたら、橋が壊れてて行き止まりだった。45号線に出ようとUターンしたが、あまりにも車が混んでいたため断念。結局、農免道路から行くことにした。石巻釜工業港道路の手前はいまだに水が溜まっているので、石巻大街道側の狭い道路から入って行った。大曲もひどかったが、石巻の方がヘドロが凄すぎて臭いも相当ひどかった。油の混じったどす黒い泥だ。進むほどに悲惨さが増す。おもちゃの積木を崩したように、家がひっくり返っている。瓦礫の山だらけだ。

ようやく、冴子の家の跡地に着いた。その辺りは何もなかった。すっかり家ごと流されて何もないのだ。少し前まで、冴子達が住んでいたはずなのに……。

萌が小さな花束を供えた。その脇に、娘のしおりがペットボトルの水を供えた。

萌が手を合わせ、萌の子供達も、私も、私の子供達もみん

な、手を合わせて冴子達の冥福を祈ると共に、あとの二人が早く見つかりますようにと祈ったのだった。

初期の頃は、メディア等では「東北関東大震災」などと言われていたが、正式に〝東日本大震災〟と改名された。

山形寒河江

四月二日

冴子の旦那忠彦君の火葬の日。

前日、お義母さんは忙しいだろうからと、母がせっせとおにぎりとダンゴをつくって、お棺に入れてあげていた。

ダンナも、彼は釣りが好きだったので、自分の釣竿を入れてあげたのだった。

今回は山形の寒河江《さがえ》。

義弟さんが足に釘をさして怪我をしていたので、軽トラにお義父さんと義弟さん。

軽乗用車は我が家の車で、ダンナが運転。萌とお義母さんを乗せて行くことになった。

今回は時間があったらしく、我が家の前で停まってくれたので、ゆっくり拝めた。

拝み終わると、一行は山形へと出発した。
我が家に、今朝は自転車で来ていた萌の子供達もさっさと帰って行ったのだった。
何か約束でもあるのだろう。
勇んで帰って行ったのだから。
バイト先から連絡が入った。行ってみる。
結局、一旦、全員解雇ということになった。
この状況では無理もない。
店が再開、あるいは雇用復帰の目処がついたら、また連絡してくれることになった。
ようやく、ガソリンが入れられるようになって来た。

大捜索活動

四月四日

私だけはいつも通り仕事に出かけた。
ダンナは早々に分館での仕事を済ませて戻ってきていた。
この日は大掛かりな捜索活動を予定。
みんな集まって来ていた。

軽トラにダンナと圭輔が乗った。

萌の車に、萌と充、しおり、そして、多賀城から駆けつけてくれた叔母が、一緒に出かけて行ったのだった。

みんなで瓦礫の山だらけになったところを探し始めた。

萌が写真を発見！

それは冴子達の結婚式の二次会での写真（もっと他にも何か出てくるかもしれない）。

冴子達の家の近くで、真也愛用の筋トレグッズが見つかった！

一旦昼食を取り、再度二時半近くまで捜索。

その後、元石巻青果、現遺体安置所へ。

勇気あるボランティア活動

四月六日

母は親戚で亡くなった人がいたので、そちらの火葬に出かけた。

私はいつも通り、自転車で仕事に通っていた。

この日の捜索隊のメンバーは、ダンナとしおり、萌とその娘の知佳の四人。

ずいぶん歩いたが、何の手がかりもなかった。

道中、支援物資を配っているボランティア団体に遭遇。ご支援をいただいたそうだ。

いつ頃からか、著名人の方々からのたくさんの寄付金や義援金をいただいたり、ボランティア活動で物資の支援や炊き出しなど、様々なご支援をいただくようになった。

著名人ばかりではない。

国内外から、たくさんの方々が動いてくれたのだ。寄付金ばかりか、ボランティアでわざわざここまで足を運んで支援していただいたのだ。この東日本大震災のために。

まだ余震もあるというのに、なんと勇気のある、素晴らしい人達なのだろうと、胸の熱くなる想いがこみ上げてきたのだった。

たくさんのご支援、本当にありがとうございました。

さて、一行は吉岡家にも寄ってみた。

すると、早く遺体が見つかるようにと、法名を付けていただいたというのだ。

写しを紙に書いていただいたというものを見せられた。

四人分あった。

早く見つかりますように。

真夜中の大地震！　須江山へ逃げろ‼

四月七日

ダンナは分館で、市役所からの説明会に参加していた。

捜査隊は、萌と知佳、それから、しおりと珍しく私も加わった。

大街道周辺はだいぶ片付いてきてはいるものの、まだまだ手付かずの所もけっこうあった。

片付けに入るにもその家の許可が必要で、連絡がつかない所はいつまでも手付かずであった。

海外から、ボランティア団体が支援物資に来ていた。すごい行列で、私達も並んだ。

米やカップ麺は終了していたので、野菜をいただいて来た。

岐阜からの炊き出しグループが帰ろうとしていたところに通りがかった。

一人、タタタタタ……と私の方に駆け寄って来たかと思うと、一人分のお弁当を手渡してよこしたのだ。

(えっ‼　これはあなたが今、食べるはずの遅めのお昼ごはんじゃないのっ⁈)

にっこり笑って、手を振りながら去っていく団体に、私は涙ながらに深々と頭を下げたのだった。


真夜中のことだった。十一時四十分頃。

また、強い揺れを感じて、私は飛び起きた。

「地震だぁ～」

もし、また強い地震が来て津波が来るようなら、今度は須江山に逃げようと決めていた。

津波注意報が発令された。

私達は予定通り、すぐに支度を始めた。

母が、薬が効いているのか、なかなか起き上がれない。母の支度に少々手間取ったが、みんなすぐに須江山に向かって出発した。

私は自分の軽乗用車に子供達を乗せて走り出した。ダンナは軽トラで。母も自分の軽乗用車で目的地の須江山に向かった。

とにかく、先の東日本大震災で地盤沈下しているので、今度また大きな地震が来た時は、さらにもっと大きな津波が来ると言われていたので、誰もが必死で逃げた。

私はすぐに右折し、田んぼの中の道路を突っ切って県道に出た。何台か前の車から次々と曲がって山を目指している。

（あっ！　みんな須江山を目指しているんだ！）

私もすぐに前の車列を追って曲がった。山道をどんどん登っていった。次々と後続車も続く。みんな少しでも高い所に行きたいらしく、もっと上へもっと上へ。もっと奥へもっと奥へと進まざるを得なかった。

あまりにも奥に入り過ぎて、ここが何処なのか、全くもってわからなかった。

取りあえず、ダンナに電話をしてお互い須江山に居るらしいことを確認した。

次に萌にメールした。

萌も無事に須江山に到着し、母と合流。

ラジオをつけてみた。

つい先程の地震のことを伝えている。

震源は宮城県沖。震度6強。マグニチュード7・4。津波注意報が発令。

やはり、津波が怖くて皆が山へ高台へと逃げて来ていた。車が数珠つなぎのように、ズラリとずっとずっと下まで続いている。身動きが取れないほどぎっしりだ。

小一時間もした頃、津波注意報は解除され、数珠つなぎの車も次々と下に下って行った。ようやく、私達も家に帰ることができた。

この時、教訓としてわかったこと。

我が家は高台にあるのだし、家にいる時は避難は不要。

むしろ、急いで逃げて事故になりかねない。

また、電気が一時的に停電。

水道も何日か断水になった。

三人目の発見!!

四月十日

ダンナはいつも通り、分館や市役所回り。
私は午前中だけ仕事だった。
午後からは息子の圭輔と買物に出かけた。
イオンモール石巻店は食料品売場だけが営業。
どこでも、専用の携帯充電器は品切れ。
みんな考える事は同じであった。
ヤマダ電機石巻店のえらい混んでいる中、やっと圭輔の携帯を購入することができた。
夕方、帰宅すると萌達が来ていた。
冴子の長男真也（中二）が見つかったのだ！
ジャージを着ていたから、すぐにわかったらしい。見つかって良かった。
みんなはもう、面会して来たとの事だった。
残るは、妹の冴子だけ。
三人共、待ってるよ。
早く出て来て、一緒に行ってあげて。

冴子の車の発見!!

四月十一日

ダンナは隙間時間に分館へ行っていた。

息子圭輔は給水へ。

娘しおりはダンナの車に送られ、高校へ安否確認のため登校。

ダンナと圭輔と私は、昨日発見された冴子の長男真也と面会するため、遺体安置所へ行った。

遺体はすっかり固くなって、少し横向きに折れ曲がっていた。顔などは黒ずんでいた。

塩水に浸かっていたせいか、あまり傷んではいなかった。

お棺に、持たせられた変わりご飯、おもちゃ、折り紙で折ったもの、お小遣いなどを入れた。

その最中に携帯が鳴った。

母からだった。

母が瓦礫の中から冴子の車を発見した！

面会後、私達もすぐにそちらへ向かった。

あった！　確かに冴子の車のようだが、何かがおかしい。冴子の車は新車だったはずなのに。

この車は津波に飲まれたせいか、エラい年季の入ったサビついた車になっていた。津波の渦に巻かれて、車にはびっしりとゴミが詰まっている。ナンバーはすっかり折れ曲がって逆さまになっていた。

なんだか、タイムスリップでもしたような妙な気分であった。

さらに、母はこの冴子の車のすぐそばで、冴子の着物用の草履とバッグをも見つけたというのだ。なんというもの凄い偶然か？

知らせを聞きつけたのか、吉岡家の両親も見に来ていた。

午前中で学校が終わったしおりも連れて来て見せた。やはり違う車のようだと言っていた。

そのまま、大街道でボランティアの煮炊きをごちそうになった。温かかった。

ダンナは一人先に戻り、分館へ。

今度は母としおりも一緒に再度安置所へ。

福島県沖で地震発生。震度６弱。

津波注意報がこちらにも流れた。

萌達が避難して来た。

萌達も安置所に行って来たと言っていた。

津波注意報も解除され、落ち着いた頃、萌達は帰って行った。

山形で三人目の火葬

四月十二日

この日は冴子の長男真也の火葬だった。

今回のメンバーは吉岡家で三人の他は、ダンナと母が行くことになった。

元石巻青果の遺体安置所から出発して、我が家に寄ってもらい、留守番の子供達四人がお見送りをした。

私は仕事。萌は面接試験を受けるため、不在であった。

子供達だけで給水にも行ってくれた。

度々、福島県沖の地震があった。

山形の寒河江でも、震度４くらいだった。

夕方五時頃、山形から一行が帰宅。

今までで一番丁寧に火葬をしてもらったそうだ。

それだけ、今までは火葬場でも忙しかったのだろう……。

萌、冴子に会う

四月十五日

この日は、息子の圭輔の高校の入学説明会があった。

ダンナの運転で石巻商業高校に出かけた。

ダンナは万が一の時のために車で待機。もしもの時は、石巻霊園へ逃げようと思っていたのである。

それは、萌の友達がまた予言（地震の）をしたと萌から聞いていたからであった。

また彼女の予言が当たるかどうかはわからない。とりあえず、何が起こっても大丈夫なようにと考えて行動していた。

私と圭輔は体育館で入学の説明を受けた。

事前に渡されていた調査書等の書類を提出。運動着、柔道着等の申込。

説明会は終了したが、それでもまだ買い足さなくてはならない物や、提出書類が出てきた。

何とか今日中にそろえてしまわなくては……。

（予言の事もあって）神経をピリピリさせながら回り順を考える。

まずは石巻の制服専門店の品川屋へ行った。

この店は石巻市立町にある。ダンナに店のすぐ近くで路上駐車をして待ってもらった。

幸い、Yシャツ等すぐに品物が揃った。

ここで万が一のことがあった時は日和山へ逃げようと言っていた。

次に、七十七銀行を探した。開いている所を……。

ホームセンターのホーマックの近くが、ものすごい長蛇の列であった。待ってる間、お互い震災での話になった。そのお陰で待ち時間が短く感じられたものだ。

書類も買い物も揃い、安心して帰宅。

てっきり萌達は泊っていくものかと思っていたら、帰って行った。

あとで聞いた話では、萌達は鷹来《たかぎ》の森運動公園で車中泊をしていた。その友達と共に。

その夜のことだった。

萌が車の中で寝ていると、突然、コンコンと窓を叩く音が聞こえた。

萌が寝ぼけまなこでそちらの方を見ると、なんと！　冴子が萌を覗き込むようにしていたというのだ。冴子はにっこり笑うと、すぐにいなくなってしまったそうだ。

おそらく、それは萌を気にかけてのことであろう。

萌はずっと気にしていたのだから。

冴子に〝御札〟を届けはしたものの、肝心なことを言わずに、そこから自分だけ逃げてしまったことをひどく後悔していたのだから。

冴子が萌に微笑みかけたということは、

「もう、気にしなくていいんだよ。

もう、そんなに苦しまないで。

いつもお母さんと一緒に、一生懸命遺体を探してくれてありがとう」

そんな気持ちの表れではないだろうか。

冴子の友達とアルバム

四月十六日

たまたま走った農道で、米を売っている所を発見。即、購入。

ダンナはいつも通り分館へ。

母は親戚の家へ出かけた。

萌は、知佳と進をおいて仕事に行った。

この日は、冴子の友達から次々と連絡が入った。来てくれた人もあった。

遠く北海道から電話をくれた笹原さんは、冴子とは小学校からの大親友である。その彼女に、
これまで見つかった遺体や車等の話を教えた。

そして、冴子がまだ見つかってないことも。

笹原さんからは、冴子と共通の友達、佐藤美香さんの近況や、その美香さんの手元に冴子達の写真アルバムがあるということを聞いた。

しかも、その経緯に驚いた。

佐藤信一さんの家の前に車が流れ着いた。

所有者を確認しようとトランクを開けると、そのアルバムが入っていたのだ。

すかさず、アルバムを開いてみると、家族写真のアルバムであった。

しかも、見慣れた顔があるではないか！　なぜなら、佐藤夫妻は、その家族と顔見知りだったのである。夫婦二人共が、冴子とは高校の時の同級生であった。

さらに、信一さんは冴子の旦那の忠彦君とも付き合いがあったのである。

なので、信一さんはイトコの美香さんが冴子の友達だとわかっていたので、彼女にそれを託したというのだから驚きだ。

このアルバムといい、冴子の草履とバッグが冴子の車のすぐ側で見つかったことといい、本当に単なる偶然なのだろうか⁈

冴子達の写真を見れない

四月十七日

だいぶ日差しが暖かく感じられるようになってきた。

ダンナは分館へ、私は仕事に行った。

萌が知佳と進と来ていた。

萌は早速、連絡を取ってアルバムを取りに行ってくれたのだった。

母はアルバムを受け取ると、写真を一枚一枚丁寧にピンセットでつまみ、汚れを落としては新聞紙の上に並べていった。

その写真は二男直也が生まれた頃の写真であった。母と萌が写真を見ながら作業していた。私はその写真をちらりと見ただけで、もう無理だった。自然に涙が溢れてきてしまう。どうしても、冴子達四人の写真を見ることができなかった。

入学式と始業式

四月二十一日

震災から一ヶ月ちょっと経ったところで、ようやく学校再開。県内の小中学校、高校等が始業式、入学式を迎えた。

我が家でも、先にしおりが母に送られて始業式へ行った。

私と圭輔も早々とお昼を済ませ、高校の入学式に向かったのだった。

津波で亡くなっている人達のこともあり、何とも複雑な心境で迎えた入学式であった。

ホームルームの後、再度体育館にて物品購入。

しおりとも合流し、三人で一緒に家路に就いた。

もう、夕方の五時近くであった。

入学祝いにと、母が圭輔のために五目ちらしを作ってくれていた。

子供達は全員自転車通学

四月二十五日

この日初めて、子供達は自転車で学校まで通学してみたのだった。

津波で仙石線が使えなくなった区間もあり、代わりにＪＲバスというのが運行していた。みんなが利用するので、いつもパンパンで満員だった。

たまたま定期券を買い忘れ、試しに自転車で行ってみようということになった、しおりと圭輔。

これが意外にも功を奏する結果となった。

ＪＲバスで通うと、学校と駅との距離もあり、待ち時間なども含めると、一時間半もかかってしまう。

それが、自転車だと五十分くらいで帰宅できてしまうのだ。お金がかからないのも親としては大助かりであった。

こうして、お姉ちゃんのしおりを先頭に、二人で石巻商業高校までの約十キロを自転車で通うことにしたのである。

夜になり、萌の子供達、知佳と進の小中学生二人が自転車で我が家にやって来た。

萌が昼間、専門学生として仙台に通うことになったからである。

まだまだ余震があるため、萌は二人を実家に預けたのだった。

二人共、郊外の我が家から学校に通うため、自転車通学の許可まで取ってきたのだった。

母の被災地ツアー案内

四月二十九日

私が仕事から帰ると、母方の叔母達がズラリ勢揃いしていた。萌も来ていた。

皆で冴子達の住んでいた所へ行く事になった。母のガイド付きで案内される。

現場に着くと、一行は驚きを隠せなかった。

本当に何もないのだから。

家の基礎だけが残り、そこに家があったとわかるだけであった。

皆で手を合わせて拝んだのだった。

次に、母は冴子の車があった場所を案内した。みんな近くまで行って、母の説明を聞いていた。

最後に、母は遺体安置所を案内した。

ここで遺体を確認したことを話していた。

叔母達は、母のガイドの話を静かにじっくり、しっかり聞いてくれていた。

また、さらに支援物資もいただき、頭の下がる思いで叔母達を見送ったのだった。

天竺へ行ってきます

冴子の友達の高橋さん。

冴子とは病院で看護師をしていた頃からの付き合いで、介護施設でも一緒に働いていた。

その高橋さんが冴子の夢を見た。

どうやら、冴子は彼女に挨拶をしに夢に出てきたらしい。

「ありがとう。じゃあ、行くから」

冴子は高橋さんにお別れの挨拶をした。

少し後方で、忠彦君と子供達が待っているのが見えた。

そして、さらに後方には、細く長く長く続く道が見えた。

それは、天竺へと続く道であった。

お花畑で

暖かな日差しの中、一面に広がるお花畑。

みんな穏やかな表情で、笑っていた。

冴子ちゃん達もみんないて、楽しそうに笑っていた。子供達がはしゃいでいた。

みんなで仲良く遊んでいた。

とても、とても幸せな夢だった。

夢から覚めたしおりはそう思った。

冴子との会話

私も冴子の夢を見た。

驚いたことに、夢の中の私は冴子が死んでいることを知っていた。

私は冴子に訊いた。

「何か欲しいものはある？」

「何も……」

「何かしてほしいことはある？」

「何も……」

冴子は軽く首を横に振るだけだった。

湯船に浮かぶ冴子の顔

母は湯加減を見に風呂場へ行った。

風呂のふたを取り、洗面器で湯船の中のお湯をかき混ぜた。

するとどうだろう……。

湯船に浮いていたゴミが人の顔に見えた！

（え?!　もしかして冴子？）

母には冴子の顔にしか見えなかった。

冴子が笑っているように見えたのだ。

（湯船に冴子の顔が見えるなんて。これはもしかして、海に遺体があるということなのだろうか……）

母はすぐに、この事を私に話して聞かせた。

そして、ＤＮＡ鑑定もした方がいいんじゃないかと言ったのである。

後日、萌も賛成してくれた。

ＤＮＡ鑑定

早速、母はＤＮＡ鑑定を申し込んだ。

父は既に亡くなっているので、母、私、萌の三人の検体を採取することになった。

安置所に着いた。

係の人の案内で、私達三人は安置所の二階へと上がった。薄暗いところをさらに奥へと進んでいった。

到着した所は思ったより明るかった。

長テーブルとイスがあり、そこに座るように勧められた。

一人一人、検体キットなるものを手渡され、採取方法を説明された。

つまりは、歯ブラシを舌のつけ根部分に当てて、粘膜を採取すればいいらしい。

冴子本人のものは、以前介護施設から引き取った歯ブラシを渡したようだ。

これで、ＤＮＡ鑑定をしてもらうことにはなった。

だからといって、すぐに遺体が見つかるとは限らないようだ。

そもそも、当の本人の遺体が見つからなければどうしようもないのだ。

歯をみがきたいの

冴子の友達の高橋さんがまた来てくれた。

また、冴子の夢を見たらしい。

なんでも、夢に出てきた冴子は、「歯をみがきたい」と彼女に言ったというのだ。

（あらっ……）

母には思い当たることがあった。

先日ＤＮＡ鑑定をした際に、冴子の歯ブラシを渡したのだが、その歯ブラシが戻って来たときには、毛先が全部バラバラになっていたのだ。

検査だからしょうがないと、母はその歯ブラシを処分したのだった。

母は早速、仏壇に新しい歯ブラシと歯磨き粉、それに水の入ったコップを置いてあげたのだった。

玄関の鈴が落ちた！

五月も中旬に入った。

あんなにあった瓦礫の山もすっかり片付いて来ていた。

それなのに冴子の遺体はまだ見つからないままだった。

必ずこの辺りにあるはずだと確信していたのに……。

母はなんともやり切れない気持ちであった。

目星をつけていた瓦礫が片付くたびに、愕然としていたのである。

そんな時だった。

母と二人でお茶を飲んでいた時のこと。

〝ジャン‼〟

玄関の方で音がした。

(何の音だろう)

不審に思って、二人で玄関まで行ってみた。

玄関先には母が甥っ子の直也にあげたものと同じ金剛杖があった。こちらは母が自分用に取っておいたものである。母は自分が死んだ時はこの杖をお棺に入れてほしいと言っていた。

この杖に鈴がついていた。

「この鈴の音かなぁ……」

私が首をかしげていると、

「ん⁉　これだ！」

母が玄関に落ちていた小さな鈴を拾った。

玄関のピンポンが鳴らなくなったので、ドアチャイム代わりに鈴をつけていたのだった。

今まで一度だって落ちたことのない鈴がどうして落ちたのだろうか。

これはもしかして、冴子が見つかったという知らせなのか！

母と私はそう思わざるを得なかった。

仏様達が知らせてくれたのか、あるいは、冴子本人が知らせに来たのでは！

実は今朝、私は冴子が見つかった夢を見たのだった。それを母に話した。

母は、今、このタイミングで自衛隊の人達が冴子を見つけてくれたのだろうと言った。

そして二日後。

冴子が発見されたという連絡が入った。

聞けば、やはりあのタイミングで冴子は発見されていたのだった。

（やっぱりあの鈴は……知らせてたんだ）

母と私はやっぱりという顔になった。

早速、二人で安置所に向かった。

面会の申し込みの手続きを行った。

母が言うには、この時点で泣く人は、面会させてもらえないというのだ。

冴子の調書を見せられた。

薬を塗ったのか、黄土色の液がたっぷりと付着した写真を見せられた。泥人形のような妹の写真はあまりいいものではなかった。

それでも、母も私も顔色一つ変えずに対応したので、すぐに会わせてもらえることになった。

少し待っていると、係の人が案内してくれた。

そのお棺を見ると、間違いなく妹の冴子だった。

死後硬直のため、すっかり横向きになっていた。顔は黒ずんでいる。

それでも、目立った外傷もなく、思ったよりずっとキレイな遺体に見えた。

しかし、実際は体中無数の傷だらけで、皮膚が剥がれ落ちた状態であった。

先ほどの調書の項目には〝離脱〟という文字もあった。一瞬ギョッとしたが、中にはそうい
う遺体もあり、手足がなかったり、頭がなかったりするものもあるのだろう。

冴子達はマシな方だ。

四人共遺体が見つかり、多少傷はあるものの、五体満足で見つかったのだから。

連絡を聞きつけ、萌もすっ飛んで来た。

萌は冴子の遺体を見るなり、

「うっ……」

すぐに涙ぐんでしまったようだ。

母は母で、以前お風呂の湯船に浮かんだもの、それがやっぱり冴子の顔だったというのだ。

冴子の横顔とそこに付いている小さな傷。

「これが見えたんだ」

冴子の遺体が見つかったことで、母の頭の中も心も、すっかり霧が晴れたようだった。

冴子の火葬

五月二十日
冴子の火葬が行われた。

この頃にはもう、普通にお葬式ができる状況になってきていた。

前の三人は県外で、限られた少人数しか参加できなかったが、今回は石巻で行われたので、私達も親戚も、友人の皆さんも出席することができた。

安置所で、一度お棺が開けられた。

母は家で預かっていた冴子の着物を、お棺の中の冴子に掛けてあげた。車の側で見つかった草履も一緒に。バッグは金具が付いているので入れられなかったが……。

みんなもそれぞれ冴子のために、花やお菓子等いろいろとお棺に入れてくれたのだった。

私もリボンを入れてあげた。

これは先日、私がイオンモール石巻店のサービスカウンターの方からいただいたものであった。津波で亡くなった妹のお棺に、どうしてもリボンを入れてあげたくてと事情を話したら、善意でくださったのである。

その善意に触れ、私は思わず涙ぐんでしまったぐらいである。ありがとうございました。

そのリボンを死んでしまったとはいえ、髪飾り用に入れてあげたかった。

火葬場では、みんな何回も何回も冴子のためにお焼香をしてくれたのだった。

妹はとうとう、骨だけになってしまった。

今までは遺体も見つかってなかった分、今一つ現実味がなかったのだろう。

ここに来て、現実を突き付けられた、そんな感じがした。

本当に冴子は死んでしまったんだ……と。

四人揃ってのお葬式

七月二十日
やっと四人揃ってのお葬式。

冴子達を偲んで、たくさんの方々に参列していただいた。

それも、会場に入りきらなくて、廊下でモニター画面を見るしかない人達もあったくらいだ。

いくら四人分とはいえ、もの凄い数の参列者であった。

それだけ、冴子達は尊い人物であったことが窺えた。

冴子の旦那の忠彦君の机の引き出しに名刺が入っていたそうだ。しかも、隙間もなくびっしりと。お義母さんが一件一件、丁寧に電話をかけて葬儀のことを知らせていたのだが、さすがに全部は無理だとあきらめたことを言っていた。

逝ってしまって、初めて自分の息子の尊さに気付いたのであろう。

全く、私達は惜しい人達を亡くしてしまったのだった。

葬儀も滞りなく済んだ。

ここまで来るのに、四ヶ月かかった。

一人見つかっては火葬をして、それを四回繰り返した。長かった。

それでも、私達はまだマシな方なのだろう。

未だに遺体が見つからない人達もあるのだから。

吉岡家では、津波が押し寄せた店のすぐ近くのお寺さんとの付き合いであった。

当然、店同様、こちらのお寺の被害も酷く、お墓も被害にあっていたので、冴子達のお葬式はしたものの、まだ、お墓はできていなかった。

後日、吉岡家からお墓を建てたという知らせが入り、みんなそれぞれの都合のつく時にお線香を立てて来たのだった。

魂は白龍の背に乗って

母から聞いた話である。

母が親しくしている方で、墓地の管理をしてくださっている方の夢の話である。

その墓地に冴子達のお墓がある。

ここに眠る死者は冴子達同様、津波で亡くなった人達がほとんどだ。

津波で亡くなった大多数の人達の魂。

そのたくさんの魂を、彼女は届けていたのである。

それも、白龍の背に乗って！

どうやら、天竺まで魂を導いてあげていたらしい。

なんて素晴らしい尊き行ない……。

彼女と、彼女の白龍のお陰で、たくさんの人達の魂が救われたのではないだろうか……。

冴子達の魂も、この白龍の背に乗って、天竺まで行ったのだろうか……。


妹の冴子は明るく積極的で、同窓会でも幹事役を任されるしっかり者であった。小柄で可愛くて、自信に満ち溢れていた。

そんな冴子は母の自慢の娘だった。

誰の言うこともきかない気が強い母が、冴子の言うことだけはきいていた。

母は冴子とその旦那である義弟忠彦君をとても頼りにしていたものだ。

甥っ子達にいたっては、長男の真也の方はスポーツ少年団に入っており、東北楽天ゴールデンイーグルスがプレーする球場で試合があったときは、それはそれは楽しみにして見に行ってきた母である。

二男の直也の方は、孫の中では一番小さい孫で、幼稚園の頃はよく我が家に預けられていたものだ。見た目も可愛くて、母は喜んで預かっていたものだ。

そんな四人を亡くしたのだ。

母は相当ショックであっただろう。

冴子には助けられてばかりで、何もしてあげられなかったと後悔していた。

萌は、今まで頼りにしていた人達を亡くし、不安になっていたようだった。

そんな萌に私は言った。

「これからは、あの人達抜きでがんばって生きていかなくちゃならないんだね。これは試練なんだろうね」と。

母も萌も、この約十年、見事に試練を乗り越えて強くたくましく生き抜いて来た。

それなのに、私だけは気持ちが前に進んでいなかったようである。

長女として不甲斐ない私は、冴子に申し訳なかった。不器用で何の取柄もない私が生き残ってしまって……。
役立たずの私の方が死ねばよかったのに……。
私こそ津波で死ねばよかったのに……。
何度そう思ったことか知れない。
私は何度も何度も心の中で自分を殺した……。
お前は役立たずなんだから、お前が死ねばよかったんだ……。
お前の方が死ね。
お前が死ね。
役立たずはその存在を認めてもらえないのだから、生きてる価値がないんだ……と。
涙が溢れて溢れて止まらなかった……。
それでも、私は生き残ってしまった……。
何の役にも立たないのに……。
なぜ、私は生かされたのだろう……。
いったい、この私に何をやれというのか……。
私は自分の存在意義を見つけることができるのだろうか——。
萌も、その友達も、もう東松島市にはいない。
萌の子供達も巣立って、みんなそれぞれで暮らしている。

もう、彼らも母親に守ってもらうのは終わりのようだ。

しかも、驚いたことに萌にはもうあの頃のような霊感はないというのだ。

いったい、どういうことなのだろうか……。

今の時代、いろいろ様々な災害が次々と起こるようになってしまった。

地震、津波ばかりではない。

大雨が降れば洪水、土砂災害が起きる。

台風被害も年々凄さを増して来ている。

そして、今は、世界中で大流行の新型コロナウイルス感染症!!

この不透明な状況をどう乗り切って行けばいいのか!

このコロナ禍をどう生き抜いて行けばいいのか!

毎日、不安しかない……。

たとえコロナが収まったとしても、この先、まだまだ何が起こるのかわからない……。

それでも、はっきり言える事があるとすれば、これからは、本当に一人一人が、自分で自分の命を守らなければならないということだ。

そして、人とのつながりを大切にして、悔いのないように、今を大事に生きてほしい……。

あとがき

この本を読んでくださって、本当にありがとうございました。

また、東日本大震災において、数々のご支援・ご協力をいただきました皆様には心より感謝しております。

本当にありがとうございました。

（本文にある）御札《おふだ》のおかげで、私達は震災のときも、震災のあとも、神戸の方々に助けられたことになります。

本当に本当にありがとうございました。


21世紀になり、破壊と再生、おわりとはじまりの時代になりました。

今までに経験したことのない災害等が次々と起こっています。

生き抜いていくには、困難な時代になりました。

今まで当たり前にあった日常が変わりつつあります。

私達も、今までの固定観念を捨て、変わらなければならないのでしょう。

新しい時代を生き抜くために……。

感謝の気持ちを忘れず、人とのつながりを大切にして下さい。
自分で自分の命を守って下さい。
今を、大事に生きて下さい。
悔いのないよう、一日一日を大切に生きてほしいと思います。

最後になりましたが、この本の出版にご協力くださいました皆様に、大変感謝しております。
本当にありがとうございました。

望月 かすみ

望月　かすみ（もちづき・かすみ）

1968年生まれ。
震災当時、宮城県東松島市に在住。
現在も東松島市に在住。

魂は白龍の背に乗って　東日本大震災から十年
ちょっと不思議なスピリチュアル体験

2021年8月18日　第1刷発行

著　者　望月かすみ
発行人　大杉　剛
発行所　株式会社 風詠社
〒553-0001　大阪市福島区海老江5-2-2
大拓ビル5－7階
Tel 06（6136）8657　https://fueisha.com/
発売元　株式会社 星雲社
（共同出版社・流通責任出版社）
〒112-0005　東京都文京区水道1-3-30
Tel 03（3868）3275
印刷・製本　シナノ印刷株式会社

ISBN978-4-434-29362-7 C0095